내 아이가 되어준

_____에게

내 아이가 되어줘서 고마워
그리고 사랑해

글 · 그림 · 사진 김지연

마음세상

너는 언제나 소중한 내 아이

저는 초등학생 아이을 둔 엄마에요. 입학을 준비하던 시절, 무척 설레었고 그해에는 오직 아이에게만 몰두했어요. 이것저것 욕심을 내서 시간 낭비도 했지만 그러한 노력 끝에 우리 아이와 가장 잘 맞는 것을 파악했어요.

부모가 되면 누구나 아이의 탄생을 경이롭게 생각하고 아이를 사랑하고자 합니다. 하지만 모처럼 마음 먹은 다짐도 작심삼일의 새해 소망처럼 살아가다보면 희미해지곤 합니다.

세상에 부모가 된다는 것은 정말 어렵고 힘든 일이지만, 또한 그만한 행복한 가치도 없을 거에요.

누구나 아이를 사랑하지만 그 아이를 끝까지 아이를 사랑하는 것, 아이의 행복을 열어주도록 사랑하는 것은 어려운 일인가 봅니다.

아마도 그것은 아이들이 말을 안 듣고 속을 썩이기 때문이겠지요. 귀엽고 사랑스럽지만, 모르는 것도 많고 철부지들이라 애를 먹입니다. 아이라고 너그럽게 이해하려고 해도 아이와 어울리다 보면 어른도 아이처럼 유치해지곤 합니다. 또한 아이를 향한 어른의 욕심도 한몫할 거에요.

요즘 아이들을 둘러싼 사고들이 많아 슬픕니다. 친부모나 양부모에 의해서 어린 아이들이 학대 당하는 사건을 보면 저도 모르게 눈물이 나더군요. 아무리 부모가 열심히 성실히 살아도 한낱 숟가락에 비유하면서 아이들이 가진 능력에 주목해주지 않고 물려받은 것으로 평가받는 현실에 서글픕니다. 하지만 지금은 잠시 시행착오를 겪는 여울목일 뿐, 세상이 다수의 편이를 위해 진화하듯 시간이 흐르면 차츰 교정될 것으로 생각해요.

저는 출산하던 날, 점심 먹기 전에 아이를 낳았는데 해질녁까지 분만실을 나가지 못했어요. 낳고 나서 더 아파서 수유도 하지 못했어요. 왜 그렇게 유별나게 아팠을까 생각해보니 그 고통의 의미는 살아가면서 힘들고 어려운 일이 있어도 꼭 아이를 지켜주라는 의미라고 생각해요.

세상에서 가장 사랑하는 우리 아이들, 아이가 커서 어른이 되어도 부모의 역할은 늘 다르지 않을 거에요. 때로 사랑하는 방법이 틀려서 아이를 불행하게 하는 일은 없어야 할 거에요.

처음 아이를 사랑하는 열쇠는 온전히 부모에게 있으니까요.

이 세상의 많은 사람들 중에
내 아이가 되어줘서 고마워.
엄마, 아빠가 되게 해줘서 행복해.
네가 있어서 참 좋다.

반가워요, watercolor on paper

나보다 더 능력 있고

가진 것이 많은 부모들은 이미 많지만

그래도 자신있어.

너를 사랑하는 것만큼은

누구보다도 자신있어.

네 마음이 허전하지 않도록

사랑으로 가득 채워줄게.

불행하다는 건

아무도 사랑할 수 없을 때나 하는 생각이야.

프롤로그 너는 언제나 소중한 내 아이 … 4

태어나줘서 고마워 … 14

꼭 안아줄 거야 … 16

내가 살아갈 이유 … 18

행복 … 20

포기하지 않을 거야 … 22

사람과 마주치면 미소지어 줄 거야 …24

언제나 변함없이 … 26

매일매일 … 28

미소 … 30

따라해요 … 32

노력하지 않아도 기억되는 것들 … 34

언제나 너를 … 36

감사할 거야 … 38

아프지 마렴 … 40

너의 실수를 지적하기보다 실수하지 않도록 도와줄 거야 … 42

내 마음을 함부로 꺼내지 않을 거야 … 44

모든 것은 직접 스스로 … 46

네가 후회하지 않도록 사전에 많이 알려줄 거야 … 48

나는 달라졌어 … 50

잊어서 모르는 거야 … 52

너를 믿어 … 54

내 마음 속의 작은 아이 … 56

소중한 시간들 … 58

마음이 따뜻한 사람 … 60

초등학교에 입학하던 날 … 62

함께 가는 길 … 64

나의 자리를 조금씩 지우는 일 … 66

다른 사람을 위한 결과를 내지 말고
스스로를 위한 결과를 만들어야 해 … 68

네가 필요할 때 … 70

태어나줘서 고마워 … 72

쉽게 좌절하지 마 … 74

소나기는 반드시 그친다 … 76

사랑이 없다면 충고도 하지 마라 … 78

이미 알고 있는 것 … 80

중심잡기 … 82

잘 나갈수록 조심해 … 84

알찬 행복 … 86

너의 입장에서 … 88

사랑을 존중하기 … 90

잘못을 인정하는 일 … 92

사랑이 중요한 이유 … 94

네가 만나는 사람들 … 96

해서는 안 될 일 … 98

빛나는 것은 ··· 100

홀로 가야 할 때 ··· 103

너와 가까운 자리 ··· 104

조심해 ··· 106

나는 항상 너를 응원할 거야 ··· 108

행복이란 무엇일까 ··· 110

네 자리는 네가 정하는 것 ··· 112

빨리 잊어야 할 것들 ··· 114

진짜 사랑이란 ··· 116

겁쟁이 ··· 118

상처받은 사람 ··· 120

그 사람이 할 수 있는 일 ··· 122

모든 것은 직접 생각해 ··· 124

마음을 꼭 지켜 ··· 126

그래도 필요해 ··· 128

점점 좋아져야 해 ··· 130

매순간 열심히 ··· 132

변치 않는 마음 ··· 134

태어나줘서 고마워

세상에 태어났을 때 처음
너는 참 작고 여린 존재였었지.
먹거나 자거나 울거나
주위를 두리번거리는 작은 아기.
절대로 내 눈언저리에서 사라지지 않는
소중한 아기.
어떤 일이 있어도 너를 꼭 지켜줄 거야.
나는 다짐했었지.

약속, mixed media on canvas

꼭 안아줄 거야

네가 떼쓰며 울어도
잠이 부족해도
바로 화내지 말고
조금 한숨 돌렸다가 안아줄 거야.
친구와 만나서 놀지 못한다고
내가 하고 싶은 일을 못한다고
네가 태어나기 전에 누리던 것을 못한다고
내 시간을 너 때문에 가질 수 없다고
푸념하지 않을 거야.
지금 이 순간은 다시는 오지 않을 테니까.

내가 살아갈 이유

보행기만 태워주면 쪼르르
나에게로 다가오던 너.
언제나 엄마부터 찾던 너.
네가 항상 나를 찾는다는 걸
잊지 않을게.

그대가 지나간 자리, mixed media on canvas

행복

세상에서 행복의 향기와 온도를 느낀 날을
이야기해줄까.
조그만 너를 아기띠에 안고
날씨 좋은 초여름 오후,
따사로운 햇볕을 맞으며
동네를 돌아다니던 날이야.
그때 행복이 왔더라.
기분 좋은 바람처럼.

포기하지 않을 거야

네가 처음 뒤집던 날

네가 안간힘을 써서 팔에 힘주던 날

나는 그날을 기억해.

나도 살다가 힘든 때면

뒤집는 걸 포기 하지 않던 너를 생각해.

지금 여기, mixed media on canvas

사람과 마주치면 미소지어줄 거야

엉금엉금 기어다니기 시작한 너.
언제나 주파수는 엄마에게 맞춰져 있지.
엄마를 졸졸 따라다니던 너.
눈을 마주치면 생긋 웃던 너.

네가 태어나고 난 참 사랑을 많이 받은 것 같아.

언제나 변함없이

네가 화를 내도 안아주고
네가 예쁘게 웃어도 안아주고
네가 울어도 안아주고
나는 언제나 너를 안아줄거야.

기억나지 않는 꿈, mixed media on canvas

매일매일

어느 날 너는 중심을 잡고 걷기 시작했어.

두 다리에 힘을 주고 똑바로 서기 위해 하루를 노력했지.

그리고 한두걸음 걸었어.

네가 태어나고 놀라고

뒤집어서 놀라고

기어다녀서 놀라고

걸어서 놀라.

언제나 말없이 너는 모든 것을 해냈어.

미소

사진첩을 보면
널 안고 있는 내 모습을 봐.
나에게 안겨 있는 넌
언제나 환하게 웃고 있어.

어느 날 찾아낸 것, watercolor on paper

따라해요

내가 행복하면
너도 저절로 행복해진다는 것을
알고 있단다.
내가 다른 사람에게 친절하면
너도 그렇게 되고
내가 웃으면
너도 따라웃는다는 걸
마음에 새겼어.

먼저 웃어봐요, watercolor on paper

노력하지 않아도 기억되는 것들

너는 뛰어다니기 시작했어.
궁금한 것도 많고
가끔 소리도 질러.

네가 기억하지 못하는 시간이니
내가 잘 기억해둘 거야.

언제나 너를

우리 아기,
난 앞으로
비록 네가 잘해내지 못해도
다른 아이들보다 잘 못하더라도
난 항상 너를 사랑할 거야.
너의 버팀목이 되어줄 거야.

기억하고 싶은 날, Oil on canvas

감사할 거야

너를 데리고 식당이나
다른 곳에 가면
사람들이 너를 무척이나 귀여워 해줬어.
그것이 감사해서
난 지금도 다른 아이가 소리를 지르거나
쿵쿵 뛰어다녀도
시끄럽다고 생각하지 않고
너그럽게 이해해.

사람들이 널 얼마나 귀여워했는지
나는 아주 잘 기억하고 있어.
그러면서 내 마음 속 깊이 묻어둔 오래된 흉터들도
사라지기 시작했지.

아프지 마렴

네가 태어나고
가장 속상한 때는 네가 아플 때야.
어찌나 기운이 넘치는지 온종일 뛰어놀고
얌전히 좀 있으라고 타박하지만,
막상 아프니까 꼼짝도 안하고
누워있는 걸 보느니
차리리 신나게 뛰어노는 편이 훨씬 좋아.

그러니까 절대로 아프지 마렴.

자화상, Mixed media on canvas

너의 실수를 지적하기보다
실수하지 않도록 도와줄거야

너는 서툰 것이 당연해.

모르는 것이 당연해.

실수는 함께 해결하고

나는 또 가르쳐주면 돼.

내 마음을 함부로 꺼내지 않을 거야

내가 짜증난다고 해서
너에게 화풀이하지 않을 거야.
네가 잘못했을 때만
너의 생각을 바로잡아주기 위해
잠깐 야단칠 거야.

네가 스트레스를 받는 건
네가 잘못하기 때문이 아니라
네가 혼나기 때문이 아니라
내가 너에게 화풀이하기 때문이야.

모든 것은 직접 스스로

다른 사람이 널 돌봐주거나
널 챙겨줄 거라고 생각하지 말고
언제나 내가 직접 너를 챙겨줄 거야.

무엇이든 스스로 해야 하고
어렵거나 귀찮다고 해서
다른 사람의 도움을 기대해서는 안 돼.
모른다고 알고 있는 사람의 생각을
그대로 받아들이면 안 돼.
도움에 의지하면
스스로 생각하는 힘이 약해져.

오래 전 이 시간, Mixed media on canvas

네가 후회하지 않도록
사전에 많이 알려줄 거야

너에게는 항상 좋은 일만 있었으면,

인생의 깨달음이라는 것이

그리 아프게 오지 않았으면 좋겠다고

언제나 소망한단다.

내가 겪었던 시행착오를 설명하기엔

무리가 있지만

그래도 나는 너의 거울이 되어 좋은 모습을 보여주려고 해.

나는 달라졌어

나도 단점이 참 많지.

남들이 지적해줄 때 고칠 걸,

네가 그대로 배운다는 것을 알고 나서

나도 많이 달라졌지.

혼자서 중얼거리거나

만사 무관심하게 생각하고

정리정돈에 무심한 태도.

나는 알고 있었지만,

그냥 고치지 않았어.

어차피 고칠 걸 빨리 고쳤으면

지금쯤 내 인생이 달라졌을 지도 모르는데.

나는 너를 키우면서

점점 달라지기 시작했어.

시간의 속도, Mixed media oin canvas

잊어서 모르는 거야

사람들은 자기가 알고 있는 걸
남이 모르면 답답하게 생각해.
처음에는 자상하게 설명해주지만
두번째부터는 안 그래.
하지만 뼈저리게 알고도 잊어버리는 게 인생이야.

너에게 화내지 않고도
충분히 네가 어떻게 해야 하는지
차분히 설명해줄 거야.
모르는 것들이 모여
잘못이 되니까.

너를 믿어

네가 나에 대한 믿음이 있다면
나의 말에 귀기울여 줄 것이라고 믿어.
나는 너의 믿음을 저버리지 않기 위해
노력할 거야.

마음이 돌아서는 시점, Acrylic on canvas

내 마음 속의 작은 아이

네가 처음 유치원에 가던 날
나는 몹시 설레었어.
원복을 입고 유치원 가방을 매고
첫 등원을 하던 그날을 기억해.
담임 선생님은 어떤 분일지
어떤 친구들과 만나게 될지
너무나도 궁금했지.
내 마음 속에 있던
작은 아이도 같이 가슴이 뛰었어.

첫 하원 날,
유치원 버스에서 내리던 네 모습이 생각나.

소중한 시간들

지금 당장 무얼 배운다고 하기 보다

친구들이 널 좋아해서

마음이 놓였어.

자주 동요를 부르면서 보낸

그 시절은

다시 떠올려도

머릿속을 환히 밝히는 소중한 시간이 되었어.

내 마음 속 작은 아이도 함께 웃을 수 있는.

3년 전의 어느 날을 생각하다, Mixed media on canvas

마음이 따뜻한 사람

유치원 졸업식 날
너는 가장 친한 친구에게
이제 헤어져야 해서 아쉽다는 내용의 편지를 썼지.
선생님께 나중에 다시 또 놀러와도 되느냐고
몇 번이고 물었지.

나는 네가 정이 있어서 좋아.
누굴 좋아하고
사랑할 수 있어서 좋아.
시간이 빨리 가길 기다리지 않으면서
시간을 아끼던 네 모습이 좋아.

일일히 기억하지 못하겠지만
그 시절의 시간들은 너의 인성으로 남을 거야.

초등학교에 입학하던 날

초등학교에 입학하던 날

내게는 또 떨리는 시간이 왔어.

초등 입학을 위해 엄마는 실은 일년을 준비했지.

교실에서의 네 자리.

그리고 네 짝꿍

모두모두

기억속에 잘 담아두었지.

새로운 시작, Mixed media on canvas

함께 가는 길

매일 일하지만 출퇴근은 안해서
일년 내내 너의 등하굣길을 따라다니면서
나는 몹시도 행복했어.

이제 오지 말라고 혼자 갈 수 있다고 해서
처음에는 좀 아쉬웠단다.

넘치거나 부족한 사랑이 독이 돼.
무조건 관심을 쏟아붓는 것보다
내가 빠져야 할 때가 언제인지를 알아야하는 것이
더 중요하다는 것을 알았어.

방치하지 않으면서 네가 가는 길을 함께 바라볼 수 있고
너에게 간섭하지 않으면서 도움을 주는 일,
어렵게 느껴지겠지만 그것이 정말 사랑이야.

나의 자리를 조금씩 지우는 일

학교 생활을 하면서 수많은 사람들과 만나지.
설령 속상한 일이 있었다고 해도
나는 내색하거나 말하지 않았어.
모두들 나와 같은 마음일 테니까.
상대방의 입장에서 생각하면 모두 이해되니까.

아이들은 아이들끼리 내버려둬야 하는 것이라고.
엄마들끼리 간섭할 게 아니라는 걸 알았어.
나는 끼지 않기로 했어.

네가 있던 자리, Watercolor on paper

다른 사람을 위한 결과를 내지 말고
스스로를 위한 결과를 만들어야 해

네가 학생이 되니까 나는 학부모가 되고
자연스럽게 공부의 굴레에 빠져들게 되더라.
무지에서 벗어나려면 공부할 수밖에 없지.
하지만 공부가 경쟁의 트로피가 되지 않도록 조심하려고 해.
인성도 공부가 아닌 경쟁 스트레스에서 망가지니까.

공부도 즐겁게 하면 잘 되지만
하기 싫은 공부를 억지로 하면서 성격을 버리게 된단다.

간혹 잘나가는 사람 중에 인성은 엉망인 사람이 있는데
나는 생각해.
저 사람, 사실은 공부가 싫었구나.
어쩔 수 없이 한 거구나.
그러니 하는 말마다 가시 투성이고 거만하지.

난 알아.
사람이 자기가 좋아하는 일을 할 때
어떤 표정을 짓는지 어떤 말을 하는지
어떻게 사람을 대하는지.

네가 필요할 때

네가 성적 문제로 고민하고
친구 문제로 힘들어한다면
모든 것을 너에게 짐을 지우면서
그것도 하나 제대로 못하냐고 타박할 것이 아니라
네게 관심을 가지고 도와줄 거야.

충분히 혼자 할 수 있는 것을 함께 하려고 하지 않고
혼자 할 수 없는 것을 혼자하도록 하지 않을 거야.

웃음소리, Watercolor on paper

태어나줘서 고마워

공부는 즐겁고 재미있게 하는 거야.

하고 싶어서 하는 거야.

그리고 나중에 살아가면서 도움이 되는 거야.

재미없고 스트레스를 받고

실컷 해놓고도 쓸모가 없다면 방법이 잘못된 거야.

성적표에 속으면 안돼.

일등 성적표도 꼴지 성적표도 사실 중요하지 않아.

하지만 어려서 배운 것은 오래가고

나중에 요긴하게 쓰이니까 공부하라는 거야.

쉽게 좌절하지 마

사소하고 작은 것 때문에

너에게 상처를 주지 않을 거야.

시험은 못볼 수도 있고

지금은 공부에 관심이 없을 수도 있어.

알아.

엄마는 인생을 한번 살아봤잖아.

살 길은 많고

너의 삶은 얼마든지 많은 가능성이 있어.

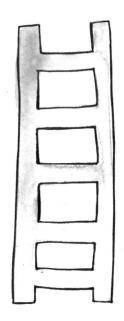

어린 날에 하는 좌절은 대개 쓸모없는 거야.

소나기는 반드시 그친다

지금 네가 반항을 하고
예전에 귀여운 모습이 점점 없어지고
자기 주장이 강해지고 때로 으르렁거린다고 해도
시간이 지나 나이 들면 모두 철이 들고
깨닫는 순간이 오기 마련이니
지금 힘들다고 해도 이 시기를 잘 넘겨갈 거야.

나도 그랬으니까.
내 부모님도 언제나 내 편이 되어
내가 힘들수록 더 가까이 다가와서
나를 응원해주셨으니까.

사랑이 없다면 충고도 하지 마라

때로 네가 화가 나서
미운 모습을 보이면
그때는 같이 화를 내며 다그친다고 해결되는 것이 아니라
내가 널 진심으로 사랑한다는 것을 알면
네가 스스로 누그러진다는 것을 알게 되었어.

미움받는다고 생각하면서 마음을 여는 사람은 없지.
사람을 움직일 수 있는 것은
오직 사랑밖에 없어.

내 마음대로 너를 움직이거나
생각을 강요하지 않을 거야.

다시 일어서야 할 때는 누구나 혼자다, Watercolor on paper

이미 알고 있는 것

사람들은 대부분
이미 알고 있는 것인데
바로 생각이 나지 않아 모른다고 여긴단다.
뭔가 어려움에 닥쳤을 때
아무리 노력해도 결과가 보이지 않을 때
잘 생각해보면
답은 언제나 이미 알고 있는 것에 있단다.

중심잡기

주변에서 언짢은 말을 해도
그 말에 휘둘러서
너를 생각하지 않을 거야.
물론 도움되는 말,
들어둘 말도 많아.
하지만 마음이라는 게 꼭 하찮은 데서 움직이고
귀라는 것이 자기가 듣고 싶은 것만 듣게 돼.
살아가서면서 중심을 잡는 것이란
외줄타기보다도 어려워.

너를 가장 잘 아는 건 나이고
어떤 때든 나는 네 편이야.

모르는 척, Mixed media on canvas

잘 나갈수록 조심해

네가 공부도 잘하고 인기도 많아서

주변에서 부러워해도

우쭐대지 않을 거야.

더 많은 사람들이 너를 좋아하도록

노력할 거야.

너도 그래야 돼.

잘 나갈 때가 가장 조심할 때야.

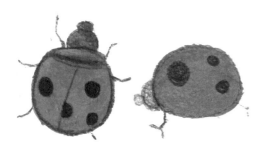

알찬 행복

너에게 내가 꿈꿨던 것이나
욕심냈던 것을 강요하지 않을 거야.
너는 네가 하고 싶은 것을 하면서
살아갈 수 있어.
다만 네가 어디로 가야 할 지 모른다면
얼마든지 함께 고민해줄게.

나의 소망은 너의 그럴듯한 성공이 아닌
알찬 행복이란 걸 스스로 잊지 않을 거야.

너의 입장에서

너의 인생을 내가 편한 대로 이끌며
참견하지 않을 거야.
온전히 너를 위한 마음으로
너의 입장에서 생각하며
응원해 줄 거야.

사랑을 존중하기

네가 사랑하는 사람이 생기면

나도 그 사람을 소중하게 생각해줄 거야.

그 사람이 내 마음에 들도록 바라지 않고

너에 대한 그 사람의 마음이 변치 않도록

소망할 거야.

오늘, Mixed media on canvas

잘못을 인정하는 일

너를 사랑한다는 이유로
엉뚱한 사람에게 상처를 주고
불쾌하게 하지 않을 거야.
어리석은 부모는
자식을 자기 잘못이 무엇인지도 모르는 가해자로 만들어.
하지만 결국 모든 화살은
자식이 맞는다는 걸
잊지 말아야 해.

사람이 스스로 잘난 줄 안다는 건
잘난 척한다는 것이 아니라
자기 잘못이 무엇인지 모르는 거야.

뭔가 문제가 생겼다면
스스로 무엇이 잘못되었는지 찾아내는 게 중요해.

사랑이 중요한 이유

인생을 결정하는 것은

누굴 사랑할 것인지 정하는 것에서 결정된단다.

누굴 사랑하느냐에 따라

인생은 완전히 달라지니까.

어떤 이를 무척 사랑해서

많은 것을 얻기도 하고

또 어떤 이를 너무 사랑해서

모든 것을 잃기도 한단다.

그러니 사랑해야 할 것과

사랑하지 말아야 할 것을 잘 구분해야 해.

네 마음이 비뚤어지면 사랑하지 말아야 할 것에 약해져.

당신이 있는 곳, Oil on canvas

네가 만나는 사람들

네가 소중하니까
나는 너와 이어진 수많은 인연들에 감사하고
소중하게 생각할 거야.

그리고 나는 눈치없이 끼지 말고
조금 뒤로 물러나 있을 거야.

해서는 안 될 일

네가 만일 다른 사람에게
상처를 준다면 그건 분명히 말해줄 거야.
네가 다른 사람에게 준 상처는
네 마음에 얼룩이 된다고.
아무리 책임을 전가하고
변명을 해도
그 당시 내 편이 많았다고 해도
스스로 그 얼룩을 지울 수는 없다고.

빛나는 것은

반짝이는 것에 현혹되지 마.

별 것도 아닌데 주변에서 선호하면

혹하는 것들이 참 많아.

네가 한창 달릴 때는 너무나도 동경하는 목표지였지만

막상 네가 도달햇을 땐 텅 빈 공터일 때가 많아.

5년, 10년 단위로 세상은 엄청나게 변해.

반짝이는 것들은 대개 신기하게 빛나지만

가까이 갈수록 그 날카로움에 베이게 돼.

빛나는 것은 보석이 아니야.

모든 빛을 내는 건 태양이란 걸 잊지 마.

홀로 가야 할 때

네가 뜻하는 바를 이루고 성공한다면

그럴수록 조심해야 해.

사람들은 잘나가면 좀 멈추게 돼.

힘들 때 멈추는 것과는 달라.

멈추는 순간

거만해지고 더 이상 노력하지 않게 되고

가까이 있는 작은 것들의 소중함을 잃게 돼.

잘나갈 때는 오히려 혼자만의 시간을 갖고

원래 하던 대로 부단히 정진해야 해.

정진하면 아무것도 잃지 않아.

너와 가까운 자리

네가 힘들어지면
가장 먼저 등을 돌리는 사람은 바로
너와 가장 가깝게 지냈던 사람일 수 있어.
사실, 그래.
멀리 있는 사람이 등돌릴 일은 없잖아.

행복, Watercolor on paper

조심해

사람의 마음이 흔들리는 순간은

이기심이 자극받았을 때야.

너의 간지러운 곳을 긁어주겠다는 사람을 조심해.

이익이라고 생각하면 망설임이 없어지지.

지금 당장은 이익인데

멀리 보면 손해인 것들이 많아.

남을 속여서 살아야 하는 사람들은

사람의 환심을 사기 위해 넘어올 때까지 노력해.

지금 당장의 이기심을 채워주는 것이 있다면

완전히 속아서 헬렐레 할 게 아니라

의심부터 해야봐야 해.

타인이 선뜻 주는 호의는

거절부터 해야 해.

나는 항상 너를 응원할 거야

살다 보면 네가 상처받고
크고 작은 실패를 한다고 해도
너를 항상 응원해줄 거야.
네가 다시 일어설 수 있도록
도와줄 거야.

바라보다, Watercolor on paper

행복이란 무엇일까

어느 날 행복이 어디 있었는지
깨닫던 날을 이야기해줄게.
이리 치이고 저리 상처 받고
그래도 포기하지 않다 보니
그래도 어느 날
행복이라는 것을 찾아냈었어.

놀랍게도 그 행복은
아무도 탐내지 않는 것이었어.
그 누구도 빼앗으려고 하지 않았지.
행복은 내가 갖기에 부담스럽지도 않고
가장 편안한 것이었단다.

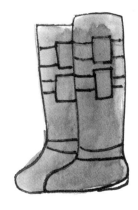

자화상, Mixed media on canvas

네 자리는 네가 정하는 것

너도 어른이 되어가면서
또 어른이 되어서
야속한 사람, 속상한 일과 마주하게 될 거야.
하지만 잊지 마.
상처받고 똑같이 못되게 굴면 안돼.
사람들은 끼리끼리 만나.
착하게 살면 착한 사람들을 만나고
못되게 살면 못된 사람을 만나고
치사하게 살면 치사한 사람만 만나.
누구를 만날 지도 결국은 네가 정하는 거야.
물론 나와 다른 사람을 수없이 만나게 돼.
하지만 결국 그 사람들은 흐지부지
네 삶에서 사라질 거야.

이별은 좋은 이별로 적은 만들지 말아.
미련이란 옷장 속에서
입지도 못하고 자리만 차지하는 옷같은 거야.

산책길, Mixed media on canvas

빨리 잊어야 할 것들

어떤 나쁜 일이 있었다면
두고두고 생각하거나
다른 사람을 원망하면서
발전이라는 것은 없어.

안 좋은 일
기분 상한 일
이런 건 빨리빨리 머릿속에서 지워버려야 해.

네가 생각하지 않으면
어떤 것도 너에게 존재하지 않아.

진짜 사랑이란

유난히 뭔가를 좋아하고 애착을 가지면서
마음이 괴롭고
상처받는 일이 있더라.
그런데 시간이 지나고 나니
그건 사랑이 아닐 수 있어.
그냥 불편한 기억일 뿐일 거야.

진짜 사랑이란
열중하는 동안 행복하고 즐겁고 좋은 것이었어.
그런 사랑은 분명히 있어.

뭔가를 좋아한다고 생각하지만
그것이 마음을 괴롭게 만든다면
그것이 너의 마음 가장 연약하고 아픈 데를
자극하기 때문이야.

시선, watercolor and colorpencils on canvas

겁쟁이

유난히 자기 주변에 몇 사람만 챙기고
그 외의 사람에게는 아주 냉정한 사람들이 있어.
가족을 우선 순위에 두는 것과
타인에게 매정한 것은 비슷하지만 달라.
사실 그런 사람들은 대개 겁쟁이야.
자기에게 뭔가를 해줄 것 같은 사람에게만
투자를 한다는 것이지.

119

상처받은 사람

사람은 알다가도 모를 때가 많아.
그 사람을 가장 잘 아는 사람은
그 사람에게 상처를 받은 사람이야.
그 사람을 사랑하는 사람은 의외로 아는 게 없어.
하지만 상처받은 사람은 정말 많은 것을 알고 있지.

그래서 차라리 모르는 것이 낫다고들 해.
하지만 중요한 것은
알고도 모르는 척하는 데 있어.

그 사람이 할 수 있는 일

상대방에게 네가 원하는 것을 요구하는 것은 무리야.

그 사람이 스스로 정성껏 해주는 것에 감사해야 해.

사람은 자신이 할 수 있는 것만 할 수 있다는 걸

명심해.

그 사람이 할 수 없는 일을 요구하는 건

옳지 못한 행동이야.

또한 누군가 너에게 네가 할 수 없는 일을 요구한다면

그 사람과는 절연해도 돼.

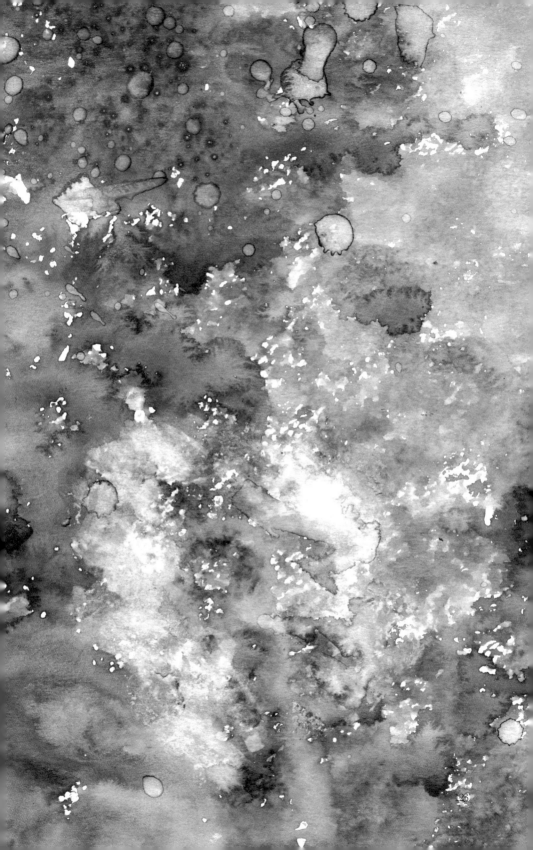

모든 것은 직접 생각해

소위 이미 만들어진 관념, 관례는 많아.

소위 허상과도 같은 실체없는 이미지야.

문제는 그것이 세월 가면서

달라지거나 없어진다는 데 있어.

관념을 목표로 달리면

네가 열심히 달려서 가고 싶었던 자리에 가도

그 자리는 이미 없어졌을 때가 많아.

그러니 네가 직접 보고, 직접 느끼고, 직접 생각해서

판단해야 해.

마음을 꼭 지켜

귀는 열어두되

마음은 함부로 흔들리지 마.

마음을 지키기 위해 귀를 열어두는 것이란다.

진짜 좋은 사람은

길을 막거나 너의 마음을 흔들어놓는 사람이 아니라

네가 어떤 길을 가야할 지 열어주고 응원해주는 사람이야.

마음이 흔들리지 않으면 원망할 사람도 없어져.

Kim jiyeon
2014

두번째 여행, watercolor and colorpencils on canvas

그래도 필요해

다른 사람의 단점만 보이고 싫어지기만 한다면
이렇게 생각해봐.
그래도 그 사람은 필요한 사람이라고.
필요없다고 생각하면
온통 단점만 보이니까.

우연, mixed media on canvas

점점 좋아져야 해

살아가면서 싫은 것이 많아지거나
주변 사람들을 싫어해서는 안돼.
점점 좋아하는 것이 더 많아져야 하고
주변 사람들도 시간을 내서 챙겨야 해.
특히나 네가 하고 있는 일은
다른 사람에게는 어떨지 몰라도
네가 가장 열정을 쏟는 대상이어야 해.
무언가 끝내고 헤어지더라도
좋은 이별로 마무리지어야 해.

선생님이라고 다 같은 사람이 아니고
장사꾼이라고 다 같은 장사꾼이 아니야.
사람은 저마다 달라.
좋은 사람을 알아볼 수 있어야 해.

매순간 열심히

지금 어떤 환경이든
얼마나 가졌든
얼마나 부족하든
남과 비교할 시간에 노력하고
매순간 열심히 살 때
인생은 가장 행복한 거야.

네가 커서 좋은 부모가 되어
아이를 사랑할 수 있도록
나는 언제나 네 편이 되어줄 거야.

여행 중 잠시 든 잠, mixed media on canvas

변치 않는 마음

나는 살아있는 한
영원히 너와 함께 할 거야.
네가 어떻게 살고 있든
함께 있든 떨어져 있든
항상 네가 행복하길 소망할 거야.

너는 소중해.
내가 사랑했던 만큼
네가 너 자신을 아주 사랑할 수 있길 바래.
네가 네 자신을 사랑하는 것에는 이유가 없어.
너 자신을 사랑하는 순간
모든 것을 해낼 수 있어.

내 아이가 되어줘서 고마워 그리고 사랑해

초판 1쇄 발행 ㅣ 2016년 5월 2일

지은이 ㅣ 김지연
펴낸이 ㅣ 공상숙
펴낸곳 ㅣ 마음세상

캘리그라피 일러스트 사진ㅣ 김지연

주 소 ㅣ 경기도 파주시 한빛로 70 507-204
신고번호 ㅣ 제406-2011-000024호
신고일자 ㅣ 2011년 3월 7일

ISBN ㅣ 979-11-5636-062-9 (03810)

문의 및 원고 투고 ㅣ maumsesang@naver.com

국립중앙도서관 출판예정도서목록(CIP)
내 아이가 되어줘서 고마워 그리고 사랑해 / 지은이: 김지연
. – 파주 : 마음세상, 2016
 p. ; cm

ISBN 979-11-5636-062-9 03810 : ₩11000

한국 현대 문학韓國現代文學

818-KDC6
895.785-DDC23   CIP2016008693